KB241997

해거름 이삭줍기

해거름 이삭줍기

해거름 이삭줍기

김종길 시집

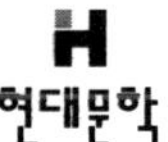

자서 自序

　　나는 지난 10년 동안에 두 권의 시집을 낸 바 있다. 『달맞이꽃』(1997)과 『해가 많이 짧아졌다』(2004)가 그것들이다. 그 두 권은 다 일정한 기간 동안의 작품들을 수록한 것들이었는데 『해가 많이 짧아졌다』를 낸 지 4년 만에 내는 이번 시집은 그렇질 않다. 이 시집에 들어가는 대부분의 작품들은 그 4년 동안에 발표된 것들이지만 극소수이기는 하나 그 이전에 발표된 것들이 포함되어 있다. 특히 권말에 「오롯이 홀로 솟아」라는 부분의 행사시들이 그러하다. 시집 제목을 『해거름 이삭줍기』라 한 것은 그 때문이기도 하다. 끝 부분을 제외하고 작품 배열은 정확히 발표 시기 순임을 밝혀둔다.

2008년 봄

김종길

차 례

백운대白雲臺를 우러러

2002-2005

백운대白雲臺를 우러러

이백李白의 금릉金陵 봉황대에는
봉황이 놀다 갔지만,

우리의 북한산 백운대에는
흰 구름이 놀다간 가고
갔다간 또 돌아와 논다.

우람한 인수봉을 짝하여
서울의 동북을 지키는 수문장,
거기 몇 억년을 버티어 서 있었는가.

흰 화강암 살결이라 더욱 잘 어울리는
무시로 머물다 가곤 또 돌아오는
흰 구름 두세 송이.

지금 너의 이마를
장밋빛으로 물들이며 비쳐오는

새천년 첫 아침 햇살!

천 년도 네겐 한나절에 불과한가,
우리는 너를 우러러 영원을 본다.

흰 구름 한가로이 오가는
새천년 첫 아침에,
영원을 본다.

새벽 술자리

―허만하에게

오십 년 전 가을 새벽 세 시경,
대구의 남쪽 변두리 봉덕동 내 집 대문을
조심스레 두들기던 의과대 학생!

"통행금지시간 중인데
용케도 먼 길을 걸어서
찾아왔구나."

서재로 불러들여 벌인 새벽 술자리.
반쯤 마시다 남긴 양주병을 꺼내
한 잔씩 따뤄놓고 주고받던 이야기꽃.

혀끝에 불붙던 뜨거운 히드 향기,
그 뜨거움, 그 향기로, 우리 사이를 흘러간
어언 반세기!

은행 가는 길 · 1

은행 가는 길,
나는 보도를 걷고 있는데
비둘기들은 보도와 차도의 경계선에서

누가 뿌린 것도 아닌 먹잇감을
열심히, 잽싸게
쪼아먹고 있다.

사람이나 비둘기나
이 세상에서 먹잇감을 얻는 것은
한갓 우연인가, 아니면 무슨 필연인가?

나도 말하자면 먹잇감을 얻기 위해 가는 길인데
문득 떠오르는 부질없는,
그러나 기실 거창한 물음.

은행 가는 길 · 2

은행 가는 길,
나는 보도를 걷고
비둘기들은 길가에서 낟알을 쫀다.

넓은 차도로는
끊임없이 달리는
택시며 버스며 화물트럭들.

밝은 아침 햇살 속
대기는 이미 옅푸르게 물들고 있다.

나나 비둘기나
밝은 햇살 속 오염된 대기를
함께 나누며 숨 쉬며 살고 있건만,

내가 가까이 가면
그것들은 재빨리 피해 달아난다.

하긴 먹잇감을 찾고
위험을 피하는 데는
나도 그것들과 다를 바 없건만.

수유리에서 · 2

서른두 해 전 내가 이사 올 때만 해도
수유리는 한산한 교외에 지나지 않았다.

수유리가 어떤 곳이냐는 나의 물음에
일찍 이곳에 와 살던 시인 장호章湖는

돈 있는 사람이 와 살면 상쾌하고
가난한 사람이 와 살면 을씨년스럽다 했다.

그는 그 뒤 정릉으로, 혜화동으로 옮겨 다니다가
연전에 세상을 뜨고 말았다.

거의 날마다 산을 탈 만큼
진취적이고 모험적이던 그가 서둘러 간 곳,

그곳은 어떤 곳이냐고 내가 지금 묻는다면
그는 무엇이라고 대답할까?

거기서도 빈부의 차이는 있고
상쾌함과 을씨년스러움의 구별은 있다고나 할까?

아픔

사람들은 꽃을 좋아하지만
그것이 얼마마한 아픔 끝에
피어나는지는 제대로 알지 못한다.

나도 이 나이가 되어서야
비로소 그것을 알았다.

초봄부터
뜰의 철쭉 포기에서
꽃망울들이 애처럽게, 애처럽게

땀나듯 연둣빛 진액을 짜내던
그 지루한 인내를 지켜보고서야
비로소 그것을 알게 되었다.

화상火傷

아침 여섯 시,
산책을 하려고
지팡이를 짚고 대문을 나서면

골목에선 벌써
참새들이 종종걸음으로
이리저리 모이를 찾아다닌다.

TV의 새벽 뉴스 화면,
열차폭발 사고로 시꺼멓게 타버린
평안북도 용천龍川의 어린이들의 얼굴……

저 참새들처럼 잽싸고 날렵해야 할
그 아이들의 얼굴을 다시 떠올리며
무거운 발걸음을 옮기면,

동녘 하늘에는

해 뜨기 전의 붉은 아침노을,
내 얼굴에도 화상을 입힐 듯한 그 아침노을!

앵커리지에서

유월 하순인데도,
알래스카의 산들은
흰 눈을 이고 있었다.

그날 앵커리지 공항 근처의
숲과 들에 피어 있던
보랏빛 꽃들.

같은 날, 같은 시간인데도
위도緯度와 고도高度에 따라
계절은 이렇게도 판이한가.

같은 시간에 밤낮이 다르고
명암明暗과 운명運命이 다른
세계의 방방곡곡들!

뉴욕 상공上空에서

엷은 초여름 낮 안개 탓인가?
라과르디아 공항을 이륙한 비행기가
커다란 반원을 그리며 선회할 즈음,

잠시 기창機窓으로 내려다 본 뉴욕시는
황량한 폐허 같기도 하고,
잿빛 공동묘지 같기도 하다.

맨해튼 중심부의 마천루摩天樓들조차
폼페이 벌판에 남은 돌기둥처럼
검은 말뚝이나 기둥으로 박혀 있고,

유일하게 살아 움직이는 것이란,
그 사이를 기어가는 딱정벌레 같은
꼼지락거리는 자동차들의 행렬.

중환자실의 김춘수 시인

당신은 어릴 적부터
남들과는 다른 세계에서 살아왔소.

그것이 통영이든, 서울이든, 도쿄이든,
당신은 당신만의 하늘, 당신만의 바다,
당신만의 도시 공간을 가지고 있었소.

그러면서도 당신을 피해자로 만든 역사 속에서
당신은 낯선 사람들 속의 낯선 사람으로
억울하게, 어색하게 살아왔소.

지금 당신은 석 달 가까이
의식을 잃은 채 중환자실 병상에 누워 있소.
당신의 일과였던 오전의 산책 대신,

당신은 이 세상을 철저히 차단한 채
자기소외의 극점에서 산소호흡기를 달고

삶의 변두리를 서성거리고 있소.

가을 숲에서

가을 숲에는
흔히 엷게 연기가 어린다.
그것은 눈보다도 코가 먼저 알아차린다.

누렇게 또는 붉게 물든
잎새 사이로 비쳐드는 밝은 햇살은
다사롭다 못해 눈부시고 따갑기도 하지만,

바람결은 마냥 서늘하기만 하다.
그러나 그것들은 한갓 감각들의 향연,
그보다도 더욱 사람을 숙연케 만드는 것은

저 구름 한 점 없는 가을하늘.
바다든 하늘이든 깊은 것은 푸르게 마련인가,
가을 하늘의 무한한 깊이와 푸름 아래서

가을은 깊어가고

사람은 늙어간다.

팔순八旬이 되는 해에

鏡裏容顔隨歲異
稚心猶自去年吾
―燕巖

연암燕巖이 말하듯 나이를 더해도
달라지지 않는 건
어릴 적 마음.

어느덧 팔순이라는데 마음은
아직도 바닷가에서 노는
어린아이 같다.

해가 저무는 줄도 모르고
조개껍질이나 줍고
게 새끼랑 어울리다 보면,

갑자기 거센 파도가 덮쳐와
이 한 몸 나뭇잎인 양
쓸어갈 날 있으련만,

그런 건 아랑곳하지 않고
놀이에만 몰두하는
어린아이.

아직은 잔잔한 바다,
하늘에는 하나 둘
별이 돋기 시작한다.

겨울 숲에서·1

나무들이 웅기중기
앙상하게 늘어서 있다.
그 가운데는 죽어서 쓰러진 것도 있다.

죽지 않고 살아 있는 한
봄이 오면 나무들은 잎과 꽃으로
또 한 번의 삶을 시작하리라.

그리곤 녹음의 여름, 단풍의 가을이 지나
겨울이면 이렇게 헐벗은 채
매서운 추위를 견딜 것이다.

이처럼 나무들은 철따라 차림새를 바꾸며
해마다 한 개의 연륜을 더한다.
허나 사람에겐 연륜이 없다.

인생에도 네 계절은 있다고들 하지만

그것은 해마다 되풀이되는 것이 아니라
평생에 걸쳐 한 번만 펼쳐지는 것.

그러니 인생에도 연륜이 있다면
그것은 사람따라 크기가 다른
한 개의 동그라미

크기야 어떻든 나무처럼
반듯하기만 하면 좋으련만,
그게 어디 쉬운 일인가.

통영 앞바다

초정艸丁도 가고
춘수春洙도 가버린—

통영 앞바다의
짙푸른 물빛!

가을에서 초겨울에 걸쳐
더욱 엷어진 햇살,

더욱
차가운 물결.

이 고장에서 태어난
두 시인은 가고,

빈 바다에 반짝이는
겨울 물비늘!

해남海南 가는 길

산과 바다는 보이지 않고
밝고 아늑한 낮하늘만이
시야에 가득한 한길 모퉁이.

이제 막 피어난 억새꽃 왜기
웃자란 코스모스 분홍 꽃송이
한데 어울려 소근거리며,

사춘기에 접어든 여학생들마냥
단정한 차림새로
나를 맞는다.

적벽赤壁

소동파蘇東坡가 「적벽부赤壁賦」를 지은 것은 양자강 연안 적벽 가까이 귀양 가서였다.

우리나라에도 화순和順 땅에 적벽이 있어 그곳 가까운 동복同福에 귀양 가시어 그곳에서 돌아가신 나의 11대 방조傍祖 한 분은 거기서 '쫓겨난 신하가 놀던 곳에 또 쫓겨난 신하가 노네'*라고 읊으신 적이 있다.

이렇듯 우리의 선인先人들은 유배流配 중에도 풍류를 잃지 않았다. 「적벽부」의 도도한 기상과 그것에 빗댄 나의 방조의 활달한 시흥詩興!

* 우리말로 옮긴 원 시구詩句는 '逐臣遊處逐臣遊'이다.

눈을 쓸면서

2006

눈을 쓸면서

새벽녘에 내린 눈을 쓸려고
아직도 어두운 골목에 나섰디니

흰 종잇장 같은 눈 위엔 이미
신문배달원, 우유배달원이 남긴
자전거 바퀴 자국, 신발 자국이 찍혀 있다.

마치 지렁이가 기어가고
뱁새가 종종걸음으로 달려간 것처럼.

그 자국들이 없었더라면
눈이 곱게 포장한 골목길은
더욱 아름다웠을 것이 아닌가!

그렇다면 그 골목의 눈을
나는 또 왜 힘겹게 쓰는 것일까?

어느 날 저녁 미국 뉴햄프셔에서
눈 내리는 숲가에 썰매를 세워
'어둡고 깊은' 숲에 쌓이는 눈을
물끄러미 바라보던
시인 프로스트여!

그대도 그때 실토하지 않았던가,
'잠들기 전 몇 마을은 더 가야 한다.
잠들기 전 몇 마일은 더 가야 한다.'
그렇다, 신문배달원, 우유배달원,
심지어는 지렁이와 뱁새처럼, 나도
잠들기 전 몇 마일은 더 가야 한다.

잠들기 전 몇 마일은
더 가야 한다.

겨울 뜰에서

대한이 지나고
구정이 가까워지면서
또 한 차례 찾아온 매서운 추위.

햇빛도 추위에 질렸는지
누르무레 풀이 죽어 보인다.

그러나 뜰 앞 담장 따라 늘어선
상록수들은 주눅 든 기색이라곤 없고,
잎 진 활엽수들도 앙상한 가지들을

추운 하늘에
꼿꼿이 쳐들고 있다.

그뿐만이 아니다.
그 잔가지들엔 작지만 또렷한
눈들이 날마다 조금씩 영글면서

봄이 멀지 않음을 눈짓한다.
싹이 틀 날을 기다린다.

겨울 숲에서 · 2

붉은빛을 머금은
은은한 금빛!

늦가을 숲 속 나무들은
박물관에 진열된 금동불상들.

불상들에게도 육탈이 있는 건지,
그것들은 지금 뼈와 실핏줄을

부챗살처럼 무수히
추운 하늘에 펼치고 있다.

허나 머지않아
그것들은 다시 살이 찌리라.

신록이 금빛으로 눈부실
회춘의 그날!

연둣빛 날개

어린 나무들은
연둣빛 날개를 달고
바람이 일 때마다 살며시
하늘로 날아오르려는 시늉을 하고,

큰 나무들도 역시 연둣빛,
그러나 더 우람한 날개를 펼쳐
어미닭이 병아리를 품을 때처럼
어린 나무들을 살뜰히 보듬으려 한다.

살아 있는 것들은 모두 저렇게
어린것들을 보듬으며
대를 이어가는가.

내 새삼
여린 마음으로 느껴보는
온 누리에 충만한 생명의 섭리!

경이로운 나날

경이로울 것이라곤 없는 시대에
나는 요즈음 아침마다
경이와 마주치고 있다.

이른 아침 뜰에 나서면
창밖 화단의 장미 포기엔
하루가 다르게 꽃망울이 영글고,

산책길 길가 소나무엔
새순이 손에 잡힐 듯
쑥쑥 자라고 있다.

해마다 이맘때면 항다반으로 보는
이런 것들에 왜 나의 눈길은 새삼 쏠리는가.
세상에 신기할 것이라곤 별로 없는 나이인데도.

자연은 실로

영산홍, 자목련, 모란꽃 같은
울긋불긋한 봄꽃들이 다 지고 나면
신록은 짙은 녹음으로 변하는 것이지만
그 녹음 속에서도 피는 꽃들이 있다.

그런데 신기한 것은
그것들이 대개 흰빛이라는 점이다.
들녘이나 산속의 찔레와 조팝나무가 그렇고
흔히 뜰에 심는 불두화가 또한 그렇다.

늙은이의 취향이라 할진 모르지만
짙은 초록색 바탕 위엔
붉은빛보다 흰빛이 제격이다.

그런 뜻에서 자연은 멋진 조경가造景家,
일제 말 중학생이던 내가
연일 고된 노역에 동원되어

절망에 빠져 수없이 되뇌었던 말,
"그래도 아직 자연은 있다."

그로부터 육십여 년
그 말은 내 입술을 떠난 적이 없다.
자연은 실로 내 평생의 위안, 그리고 영감,
그것은 언제 어디서나 나와 함께 있다.

푸른 산 가까이서

늙어갈수록
세월엔 가속이 붙어
계절은 동영상처럼 숨 가쁘게 돌아간다.

얼마 전까지만 해도
골목에 세워둔 자동차들은
황사를 뒤집어쓰고 지저분하더니만,

지금은 황사 대신
송홧가루를 노랗게 앉히고 있다.
허긴 이것도 산이 가까운 교외에서나 볼 수 있는 광경.

그러기에 내 일찍
한시를 짓는답시고
이렇게 읊은 적 있었더니라.

虛心猶有煙霞癖
市隱長居近碧山*

* 비운 마음이건만 아직 연하가 좋아 / 저자에 숨었을망정 오랜 세월
을 / 푸른 산 가까이서 살고 있느니!

국화 이야기

작년 가을
동네 골목 꽃집에서
들고 온 토종 국화분,

꽃이 시든 다음
담장 밑에 엎어 놨더니
그 국화 포기가 흙에 뿌리를 내려,

아직 늦더위가 한창인데도
벌써 꽃망울을 차례로 맺어
한 송이, 두 송이 피기 시작하질 않는가!

비록 꽃송이는 보잘것없이 작지만
짙푸른 잎새 사이로 내미는
샛노란 국화 송이들,

그것들이 얼마만큼 조바심을 떨었길래

아직 제절은 멀었는데도 저렇게
안달하듯 피어나는 것일까.

대낮에도 새벽하늘에 별을 쳐다보듯
작은 설레임 속에 자주
눈길 머무는 그곳.

흰 꽃

여기는 지금 초여름.
그 흔해빠진 아카시아는 말할 것도 없고
찔레며 조팝나무며 이팝나무,
그리고 이웃집 담장 안의 불두화까지,

모두들 녹음을 배경하여
흰 꽃을 소담하게 피웠다가
더러는 벌써 지기 시작하네.

흰 꽃은 늙은이들,
또는 죽은 이들에 어울리는 꽃.
올해는 나 혼자 이곳에 남아

그 꽃을
보네.

교토_{京都}에서

카가미꼬(鏡湖)라는 연못에서
금빛 연꽃인 양 솟아난
킨까꾸지(金閣寺).

그 처마 끝에 묻은
저녁 해.

굵은 모래를 깔고
섬 모양 군데군데 바윗돌을 배치한
료안지(龍安寺)의 장방형 이시니와(石庭).

그 뜰에 내리는
어스름.

버스 세 정거장 거리에 자리한
일본 문화재의 정수精髓격인
이 두 절간을 둘러보고,

우오타미(魚民)라는 생선회 체인점에서 드는
비린내 나는 저녁 반주飯酒.

가을꽃

1. 무궁화

여름에서 첫서리 내릴 때까지
밭둑 아니면 골목 길가에서
한결같이 너그러이 웃음 짓는 꽃.

어느 국문학자가
우리의 멋을 은근과 끈기로 풀이한 것은
어쩌면 네게서 얻은 착상은
아니었는지?

진홍빛 화심花心, 황금빛 꽃술을 보듬은
흰빛 또는 연보랏빛 꽃이팔,
여전히 말없이 웃기만 하는.

2. 과꽃

호들갑을 떠는 봄꽃들과는 달리
가을꽃들은 한결 차분해 보인다.

같은 가을꽃이라도
실바람에 살랑대는
코스모스와는 달리,
과꽃은 찬바람 속에서도
제법 무게를 잡는다.

큰집 안방 시렁 위에서
내려다놓은 다식판에서
금방 찍어내기라도 한 것 같은
또렷한 진홍빛 또는
자줏빛 꽃이팔들!

노송老松들의 솔바람 소리에

―창릉蒼菱 선생을 추모하며

송정松亭이라는 마을 이름 그대로
정정한 노송 몇 그루가
푸른 그늘을 드리우는 곳.

그곳에서 태어나
구십 평생 집을 지키며
시주詩酒를 사랑하시던 어른.

푸른빛을 유난히
좋아하셨기에 그분 스스로
창릉蒼菱이라는 아호를 쓰셨겠지만

푸른 '마름'에 스스로를 비기신
겸허謙虛 또한 예사롭지 않구나.
물 위에 떠서 작은 꽃도 피우는,

오히려 앳된 물풀로 자처自處하시고

노송의 솔바람 소리에 귀 기울이며
소리 없이 보내신 한평생.

그러기에 금방이라도 달려가
그 노송들의 솔바람 소리에 귀 기울이며
그 어른의 풍운風韻을 되새겨보았으면!

감나무를 바라보며

30년 가까이
내 뜰 한구석을 차지하고
나와 함께 살아온 감나무가
올해는 해거리를 하느라
감이 많이 열리진 않았다.
그래도 쉰 개 남짓 탐스럽게 익어
두 개 또는 세 개씩 짝을 이루어
가지 끝에 달려 있다.
잎이 질수록 그것들은 더 잘 눈에 뜨인다.
서리가 내리고 잎이 다 지고 나면
까치밥으로 몇 개만 남겨두고
나머지는 다 따들일 것이다.
내 뜰은 내가 소유한 유일한 땅,
거기서 사십 개 남짓 감을 수확하는 것이
올해의 내 가을걷이의 전부이지만,
나는 어느 대지주 못잖게 흐뭇하고 뿌듯하다.
그것만으로도 내가 풍요를 만끽하기에는 충분하니까.

단풍과 낙엽

기상관측이 시작된 이래
가장 더웠다는 시월을 보내느라
올해는 나뭇잎이 물드는 것도 늦고
지는 것도 또한 늦다.
우리 동네는 북한산 그늘이라서 그런지
은행나무 잎사귀도 채 물들지 않았고,
내 뜰의 감나무 잎사귀도 아직 푸르다.
지난 입동날 수은주가 올 들어 처음으로
영하로 내려가자 한 잎 두 잎 떨어지던 것이
우수수 떨어지기 시작했지만, 여전히
한꺼번에 많이 떨어지지는 않는다.
감나무 잎새도 단풍이 고운 편인데
올해는 푸르죽죽한 채로 다 떨어질지 모르겠다.
단풍도 절후가 정상이어야만 제대로 드는 모양,
올해는 내 뜰의 단풍도 낙엽도
전 같질 않다.

태백산을 오르며

누렇게 마른 풀숲 바닥에 깔린
짙푸른 조릿대 잎새,
그 끝에 희뜩이는
백금빛 햇살!

갈라터진 둥치를 시멘트로 때운 채
반쯤 고사한 가지 끝에
그래도 까칠한 푸른 잎을 단
주목들은 차라리 늙은 투사들.

해발 1500미터 내외의 능선지대에선
단단한 참나무들조차 강풍을 버티느라
가지가 곰배팔처럼 뒤틀리고
꼬부러져 있다.

그렇다면 가쁜 숨을 몰아쉬며 한발 한발 발을 옮기는,
여든 해 동안 세상 풍파를 버티며

견디어낸 나 자신은

지금
어떤 형상일까?

황지黃池를 들여다보며

태백시에는
한때 그곳의 지명이기도 했던
지하수가 솟구쳐 못이 된 황지가 있다.

그 말로만 듣던 황지를
이제사 찾아와 못물에 비친
높푸른 가을 하늘을 들여다보며,
나는 어머니의 젖줄을 생각한다.
그것은 황지가 내 고향 영남을 축이며 흐르는
낙동강의 발원지이기 때문이다.

오래 잊고 있는 우리의 생명과
그 밖의 여러 근원들이 어찌 이뿐이겠는가!
황지에선 지금도 지하수가 힘차게 샘솟고 있다.

연하 煙霞

연하란 연기와 노을이지만
한문에서는 보통 아름다운 자연.
가을도 깊은 태백산 일대는 글자 그대로
연하에 가리워져 웅장하면서도 아름다운 자연이다.
첩첩산중인데도 어떻게나 밝고 다사로운지
'태백산' 의 우리말 어원이 손에 잡힐 것만 같다.
그것은 커다란 밝은 산을 뜻하는
'흔붉뫼(한밝뫼)' 를 의역한 것임에 틀림없다.
이렇게 연하에 가리운 장관 앞에서는
나도 잠시 어줍짢은 국어학자가 되나보다.

가랑잎 한 잎

2007

가랑잎 한 잎

나의 아침 산책은 대개
수유리 01번 마을버스 종점 맞은편,
커피자판기 옆에 놓인 벤치에서 끝난다.

봄철에서 가을철까지는 그 주변에
담배꽁초며 빈 담뱃갑, 종이컵, 맥주캔 등이 나뒹굴고
있어
그 전날 밤 그 벤치에서 젊은 애인들이나 실직한 젊은
이들이
밤늦도록 노닥거리거나 한숨지으며 연신 담배만 피운
것을 알 수 있었는데,

오늘 새벽엔 기온이 영하 4, 5도로 떨어져
그 벤치엔 먼저 온 사람도 없고,
간밤에는 젊은이들도 오지 않은 듯
그 주변도 말끔히 정돈된 대로다.

그러나 그 벤치는 오늘 아침 비어 있진 않다.
거기엔 언제 떨어졌는지 가랑잎이 한 잎
나보다 먼저 와 자리를 차지하고 있다.
그래서 나도 그 옆에 말없이 걸터앉는다.

생각해보면 나 또한 한 잎 가랑잎,
머잖아 흙으로 돌아가 필경엔 흙이 될 것을.
오늘 아침엔 길가의 추운 벤치 위에서 잠시
한 잎 가랑잎과 자리를 함께해보는고나.

낙화

뜰의 백목련이 만개했을 땐
너무나 순결하고 너무나 현란하여
이 세상의 것 아닌 듯이 보였었는데,

반쯤 져버린 꽃잎들이 땅에 흩어져
우중충한 갈색으로 변한 꼴은
낙화라기보다도 차라리 낙엽.

게다가 아직 가지에 달려 있는 것들도
누르무레 빛이 변해 져버린 것들보다
오히려 더 추해 보인다.

사람도 저렇듯 추한 꼴 보이기 전에
벚꽃처럼 피었다간 이내 하르르
져버릴 수는 없는 것일까.

그것도 이처럼 아늑한

어느 날 해질 무렵에!

새벽 산책 길에

새벽 산책 길에 들러
도수체조를 하는 숲 속 빈터는
하얗게 눈으로 뒤덮여 있다.

아직 걷히지 않은 어둠,
영하 7도 안팎의 새벽 공기가
검은 숲과 흰 눈, 그리고 오렌지빛
외등 불빛을 가두고 있다.

입김이 서린 안경알에 얼비친
엷은 달무리 같은 외등 불빛이
올빼미의 두 눈처럼 나무 사이로
빤히 나를 노려보고 있다.

그러나 나는 늘 하듯 도수체조를 한다.
등산화를 신은 내 발 밑에선 뽀드득 뽀드득
흰 눈도 소리를 낸다.

오월

―금아琴兒 피천득皮千得 선생 영전에

오월에 태어나,
오월을 남달리 사랑하시고,
오월에 이승을 떠나신 금아 선생,

아흔일곱 번째 생신날,
그렇게도 그리워하신 어머님을 뵈러 묻히셨으니
선생님은 오나가나 때를 참 잘 타고 나셨습니다.

어디 그뿐인가요.
선생님은 만인의 사랑을 받으시고,
주옥같은 시와 수필을 남기셨으니,

앞으로도 오래도록
우리 곁에 살아계실 것입니다.
그 다정한 음성, 그 해맑은 웃음

변함없이

그대로 지니시고.

사회적 동물

이른 아침
잠자리에서 일어나면
창가로 가서 커튼을 밀어젖힌다.

싱그러운 신록의 뜰이
유리창 가득히 넘실거린다.

현관문을 열고 나가
대문 안에 떨어져 있는
조간신문을 주워 들어온다.

윤전기의 잉크 냄새가 풍기는
신선한 지면.

그리곤 응접실로 들어가
TV를 켜고 소파에 좌정한다.
눈앞에 펼쳐지는 스튜디오 또는 거리의 풍경.

생각해보면 이 모두가 밤사이 단절되었던
바깥세상과의 관계를 복구하는 싯거리,
도리 없이 나도 잘 길들여진 사회적 동물.

백모란 지는 날에

백조가 털갈이를 하면
이와 같을까.

내가 아끼는 앞뜰의 백모란 포기,
올해는 탐스러운 꽃을 열세 송이나 피워
대엿새 남짓 눈부신 잔치판을 벌였었는데,

오늘 아침 뜰에 나와 보니
그 모란 포기 밑에는 흰 깃털이
흩어져 있는 것이 아닌가.

모란이 지고 나면 한 해가 다 가고 만다는
시인 영랑永郎의 말 그대로 나도 또 한 해
봄을 여의기 시작하나 부다.

내 뜰의 백조를 떠나보낼
차비를 하고 있나 부다.

강릉기행

1. 허난설헌許蘭雪軒 생가에서

모래언덕 너머
나른한 봄바다가 낮잠을 잔다.

허리 굽은 노송들이
마을 어른들 대신
드문드문 늘어선 동네 어귀.

대문을 들어서도
사람 그림자는 보이질 않고
방마다 미닫이나 덧문은 닫혀 있다.

이 집의 재주 있는 자녀들은 어디 갔는가.
매화가 져버린 담장 안
두어 그루 홍도화 포기엔

조롱조롱 달려 있는
꽃봉오리들!

2. 선교장船橋莊 활래정活來亭에서

경포 호수 위에
배로 다리를 놓고
걸어서 들어왔다는

왕년의 이참판댁,
선교장 아흔아홉 칸.

활래정 마루방에 앉아
연 줄기가 시든 채 떠 있는
연당을 내다보면,

세월이 흐르는 대신
고여 있는 것만 같은

사월 중순
흐린 날씨의
써늘한 황혼.

남행길

국토는 바야흐로 신록 일색
고속도로를 달리는 차창 밖으론
흰 아카시아꽃이 지천으로 피어 있다.

옛날 같으면 굽이굽이 쉬어 넘을 죽령을
지금은 터널이 뚫려 단숨에 빠져 나온다.

풍기, 영주, 예천, 안동,
차례로 나타나는 표지판의 지명들.
안동을 지나면 표지판 없이도 알 수 있는

낯익은 산천,
임하, 임동, 진보, 영양.

지훈문학관 개관을 보러
지훈의 고향마을 주실로 가는,
오랜만의 싱그러운 남행길이다.

하남下南을 지나며

한동안 추수春洙 시인이 살던 마산 변두리
할매곰탕집에서 수육과 곰탕으로 점심을 들고,
배한봉이 살고 있다는 창원을 빠져나와
진영을 거쳐 밀양 땅 하남으로 접어드니
이유경의 『하남시편』이 생각난다.
그리고 어느 해이던가 〈한국일보〉 신춘문예에 뽑힌
이달희의 「낙동강」 연작.
매서운 강바람을 안고 강을 건너던
할머니 목에 감긴 아련한 명주 수건.
—그러나 그것은 여기보다 한참 하류였겠지.
그 유명한 「영남루시」에 보이는
기러기 떼 내려앉는 갈대밭은 보이질 않고,
영남루만 아직도 우두커니 절벽 위에서
멀리 '수국청산水國靑山'을 바라보고 있다.*

* '수국청산'은 「영남루시」에 보이는 '水國靑山散不收'라는 명구名句
  에서 따옴.

장미의 가시

응접실 창밖의 장미 포기들이
올해 들어 두 물째 꽃을 피운다.

시들은 장미꽃송이를 짜를 땐
꽃송이 밑 첫 번째 다섯 잎 대궁 위에서 짜른다고
내게 가르쳐준 작년에 작고한 김 교수.

그를 생각하며 올해도 첫물 꽃송이들을 짤라주었더니,
초여름 가뭄이 유난히 심했는데도
새순이 쑥쑥 자라 싱싱한 꽃을 피운다.

요즘은 아침저녁으로
그 꽃송이들을 들여다보는 게 낙인데,
꽃을 떠받치는 새순에도 가시가 돋아 있질 않은가!

'가시 없는 장미는 없다' 는 영국 속담이 있지만
나는 지금 그 '가시' 가 질투를 뜻한다기보다는

자기방어의 의지를 뜻하는 것으로 보고 싶어진다.

이것도 시랍시고

슴슴하다 못해 싱거워진
요즈막의 나의 시.

이런 것들을 시랍시고 쓸 바에는
진작 붓을 꺾을 것을 하고
후회도 해보지만 여전히,

청탁이 오면 거절하지 못하고
미련스럽게 몇 자 끄적거려
시랍시고 내어놓는다.

이 무슨 늘그막의 미망迷妄인가,
아니면 던지러운 미련인가.
목숨을 어쩌지 못하듯,

이 미망, 이 미련도 살아 있는 한
끝내 버리지 못하는 건가!

이런 넋두리를 감히 시랍시고

또 청탁에 응하며 내어놓은
뻔뻔스러움이어.

오롯이 홀로 솟아

오롯이 홀로 솟아
―독도를 부르며

동해 수평선 위에 오롯이 홀로 솟아
한시도 쉴 새 없이 파도에 할키우고
바람에 깎이우면서도 아침이면,

이 나라의 첫 햇살을 이마로 받들었으니,
아침마다 떠오르는 우리의 아침해엔
정녕 네 모습도 함께 이글거리리!

네 비록 작은 바위섬일지라도
봄이면 뭍으로부터 왁자지껄
괭이갈매기 떼 돌아오고,

물기슭엔 물개들도 어슬렁거리고,
양지짝 바위 모서리엔 이름 모를
풀꽃들도 피어나는 것이니,

풍요로운 물밑은 덮어두고라도,

앙상한 채로 너는 뭇생명을 거느린
이 나라 국토의 분신임이 분명하고나!

그것만이 아니다. 너는 바로 수천 년 동안
풍랑에 시달려온 이 나라 역사의 축도!
오늘 아침에도 저 망망한 푸른 물결 위에

오롯이 홀로 솟아 외쳐대고 있다.
또 하루의 풍랑이 시작되었다고,
또 하루 의연히 풍랑에 맞서 싸우라고!

우리는 하나

핏줄이 같고
말과 관습이 같고
음식과 옷차림이 같은데

왜 우리는 담을 쌓고 지내야 하나!
왜 우리는 서로 다른 깃발 아래 살아야 하나!

철책 장벽으로 갈라놓았다고
우리의 강토가 둘이 되는 것은 아니다.
깃발의 모양이 다르다고 우리가 서로
다른 하늘 아래 살고 있는 것은 아니다.

우리의 심장이 같은 피로 뛰고
우리의 입술에 같은 말이 맴도는 한
우리는 영영 남이 될 수는 없다!

이 땅이 하나이고

저 하늘이 하나인 것처럼.

표한하면서도 아름다운 표범

한반도는 우리의 국토
대륙을 향해 포효하는
표한하면서도 아름다운 표범!

두 눈은 형형히 이글거리고
심장은 줄기차게 고동치고 있다.

지금은 비록 남북으로 갈려 있지만,
그것은 단지 일시적인 정치적 분단,
유구한 국토는 여전히 남북으로 잇겨져 있다.

백두산과, 그 아래 개마고원,
그리고 거기서 서남쪽으로 뻗어내린
낭림狼林, 묘향의 두 산맥은 북쪽에 있지만,

서울에서 원산까지 패인 추가령지구楸哥嶺地溝를 건너
뛰어

백두대간은 다시 태백산맥으로 이어지고,
태백산맥에서 비스듬히 서쪽으로 뻗어나간

차령산맥과 소백산맥,
그리고 소백산맥에서 다시 뻗어나간 노령산맥.

태백산맥이 아름다운 표범의 우람한 등뼈라면
그 산줄기들은 등뼈에서 뻗은 탄탄한 갈비뼈들,
고동치는 심장과 허파를 감싼 국토의 갈비뼈들.

지금도 우리의 이웃들은
우리의 국토, 우리의 역사까지도 넘보고 있다.

그러니 우리는 우리의 국토를 닮아
표한한 표범처럼 포효하며
대지를 박차고 일어서야겠다.

새천년을 맞으며

사람 한평생
백 년을 채우기도
드문 일인데,

살아서 두 눈으로
한 세기와 한 천년이
바뀌는 것을 보게 되다니!

반세기 동안
꿈에서나 보던 금강산을
살아서 두 발로 오르게도 되었으니,

묘향산이고 구월산이고
우리 달려가 오르게 될 날도
정녕 그리 멀지는 않을 터이지.

세기가 바뀌고

천년이 바뀌는 거야
천체 운행의 소치이지만

남북을 통일하고
세상을 바꾸는 일은 우리의 몫.
지구를 우리가 돌리지는 못할지라도

돌아가는 지구를 소중히 가꾸고
평화와 풍요의 난만한 꽃밭에서
지복 천년을 누리는 건 우리의 몫.

우리네 새해 아침은

우리네 새해 아침은
눈도 매화 송이로 이마에 와 닿고,
추위도 맑은 향기로 옷깃에 스며든다.

우리네 새해 아침은
푸른 솔 가지 위에 학 한 마리 앉혀놓고,
붉은 해가 치솟는 달력 그림만큼이나 의젓하다.

객지에 나가 살던 사람들 돌아오고,
돌아간 조상들도 제상 머리에 나앉는,
향불 피는 냄새로 한 해가 시작되는 아침,

무슨 근심, 무슨 슬픔, 무슨 미움, 무슨 사특함,
언짢은 건, 누추한 건, 모조리 불살르고,
선의와 평화로 가득한 환한 얼굴을 들자.

어린 이, 젊은 이는 마냥 신나고,

어른은 희망에 부풀어 새로 힘이 솟고,
늙은 이는 그들을 바라보며 흐뭇하기만 하면 되는 것,

괴롭고 가난했던 옛날은
이젠 차라리 한갓 그리운 추억―
새해 아침은 앞날을 내다보며 오붓한 꿈을 설계하라.

묵고 때 묻은 것은
묵은 해와 함께 보내고,
새해는 새롭고 깨끗한 것만을 있게 하라.

사랑하는 고향 사람들에게

죽령竹嶺 이화령梨花嶺 또는 추풍령秋風嶺
소백산 줄기 어느 고갯마루에서든
남으로 펼쳐진 이 밝은 고장을 바라보아라.

어느 들 어느 골짝인들
김 서린 떡시루와도 같이
후끈하고 흐뭇하지 않은 곳 있으랴.

그 떡시루에서 쪄낸
백설기나 시루떡 같은 사람들,
담백하고 구수하고 알맞게 찰지고 질긴,

무뚝뚝해 사귀긴 힘들어도
한번 사귀면 변할 줄 모른다는
솔직하고 속 깊고 의리 있는 사람들.

경주의 산과 들엔 신라의 영화榮華가 잠들어 있고

영천의 조양각朝陽閣, 안동의 영호루映湖樓엔 아직도 포
은圃隱의 기상과
역동易東의 풍류가 시詩로 숨 쉬고 있다.

퇴계退溪는 이제 영남만의 퇴계가 아니다.
중국과 일본은 물론 서구에까지도 알려진 이름.
이 고장이 낳은 그 밖의 수많은 학자와 문인과 그리고
열사.

우리는 그분들을 잊을 수 없다.
우리는 그분들의 사투리를 쓰고
그분들이 이룩한 문화를 숨 쉬며 살아온 것이다.

안동_{安東}

영호루映湖樓가 내려다보는
흰 모래 드넓은 낙동강 하상河床,
그 누각처럼 우뚝하고
그 하상처럼 희고 넉넉한 고장.

햇빛 유난히 다사롭고,
바람 또한 유난히 높고 소슬하여,
유난히 밝고 맑고 아늑한 산천.

양반의 고장으로 이름났건만
백성들 앞에서 거들먹거리고 노략질을 일삼는,
그런 양반은 안동에는 없었다.

나라가 어려울 때는 목숨을 내걸고 앞장서고
나라가 어지러울 때는 고초를 마다않고
바른말을 서슴지 않았던 그들은 바로
우리나라를 대표하는 선비들.

그러기에 안동은 옛부터
시詩와 예禮를 사랑하고,
말과 행실이 일치하고,
이름이 제값을 하는 고을이었고,

그 고을 사람들은 의리를 목숨 삼아
지절志節과 신의信義에 살며,
곧되 어질고, 엄하되 너그럽고,
가난해도 비굴하지 않았다.

서원書院과 종택宗宅과 정각亭閣이
고즈넉이 자리 잡은 정겨운 강산,
차전놀이며 놋다리밟기며 탈춤이며 삼베길쌈 등
푸짐한 민속도 곁들여,

전통을 뽐내는 안동은 지금,
나라 안뿐만 아니라 세계를 향해

새로운 모습으로 탈바꿈하고 있다.

불혹不惑과 지천명知天命의 한가운데서
— 대구매일신문 45주년에 부쳐

사람도 마흔을 넘겨야
틀이 잡히고 흔들리지 않는다.

혈기와 방황과 회의를 거쳐
비로소 균형과 안정을 얻는 나이,
매일신문, 너는 지금 사십 대의 한가운데에 있다.

1946년 3월,
해방 직후의 혼란 속에서 태어난 너는
바로 그해에 10·1사건을 바로 눈앞에서 보았다.

그리고 잇따른 6·25와 3·15와 4·19…
자유당 시절 최주필崔主筆의 사설과 청마青馬의 〈계륵
鷄肋〉이 빚었던 말썽,
깡패들이 몰려와 너의 윤전기를 부순 적은 있어도

너의 이름이 멍든 적은 한 번도 없다.

오히려 그 때문에 너는 대구나 영남이라는
지역의 테두리를 당당히 넘어서지 않았는가!

그렇다. 소백산이나 낙동강이
너의 테두리의 한계일 수는 없다.
아직도 얼음과 눈에 갇힌 휴전선 말고는 너의 경계라
곤 없다.

오늘 아침 춘설春雪로 빛나는 팔공산八公山 연봉連峰,
매일신문, 너는 불혹과 지천명의 한가운데서
창끝처럼 날카로운 붓끝을 다시 가다듬으라!

너의 단 하나의 경계인
저 휴전선에 봄기운을 앞당길
너의 붓끝을 임리淋漓한 먹물에 찍으라!

배워 보탬의 낙

유종호

거의 반세기 전 1960년대 초반의 일이다. 서울에 들렀다가 우연히 일본신문에 난 문예지 광고를 보게 되었다. 문예지의 목차가 하단 광고란 전체를 차지하고 있었고 거기 「여든 살의 봄」이란 산문 제목이 눈에 띄었다. 표제 자체가 큰 활자로 적혀 있었는데 필자는 분명 저명한 작가였지만 이름은 생각나지 않는다. 그 제목을 보고 말할 수 없는 감동을 받았다. 표제만 가지고도 걸작이라는 생각이 들었다. 일본 쪽 소설이나 대중가요에 「열아홉의 여름」이니 하는 등속의 표제가 있다는 것은 알고 있었다. 그러나 「여든 살의 봄」이라니! 어떤 황홀감마저 들었다. 여든 살까지 살아냈다는 것만도 대단한데 글까지 계속 쓰고 있다는 생각을 하니 선망을 넘어서 외경감마저 드는 것이었다. 그때만 하더라도 한국인의 평균 수명에 대한 정확한 통계수치가 나와 있지 않았다고 생각한

다. 그러나 보나마나 쉰 몇 살 정도가 아니었을까 생각
된다. 회갑이면 진정 축복받아야 할 노년으로 간주되던
시절이다. 사실 우리 쪽 문인 가운데 여든 되는 이가 있
었는지조차 의심스럽다. 선망이나 외경감과 함께 일본
에는 대적이 안 된다는 좌절감 비슷한 소회를 금할 수
없었다.

　이번에 김종길 시집 『해거름 이삭줍기』를 접하고 제일
먼저 떠오른 것이 반세기 전에 접했던 「여든 살의 봄」이
란 글 제목이다. 그리고 깊은 감회를 맛보았다. 우리 시
인이 벌써 여든을 넘긴 터에 시집까지 나오지 않는가.
그리고 수록된 작품만 하더라도 최근 수삼 년 사이의 소
작들이 아닌가. 어떤 장엄함까지 느끼면서 반세기 전에
이웃나라 문화와 문인에 의해서 촉발된 좌절감이 스르
르 용해되어 가는 것을 실감할 수 있었다. 그것은 연전
에 모스크바에 들렀을 때 공항에 비치된 컴퓨터가 모두
우리 제품이고 구소련에 속했던 중앙아시아 여러 나라
호텔의 텔레비전이 우리 제품이라는 것을 목도하고 느
꼈던 어떤 반가움 못지않게 뿌듯한 보람이요 성취감이
었다. 우리 모두의 경사라는 감회를 금할 수 없었다. 그
러고 생각해보니 망백望百을 지척에 둔 채 돌아간 글 길
의 어른들과 생존해 계시는 분들을 꼽을 수 있다는 것이
새삼스레 생각났다. 우리 사회는 그동안 숨 가쁘게 발전
과 성장의 고갯길을 올라온 것이고 그것은 결코 소소한

일이 아니다.

이 시집의 시편들은 끝자락에 보이는 몇몇 계기시편을 제외한다면 제작과 발표순으로 배열되어 있다. 과작으로 이름난 시인의 시력을 일별할 때 돋보이는 것은 평생 같은 보폭과 속도와 호흡과 자세를 유지해 왔다는 사실이다. 서두르지 않고 곁눈질하지 않으면서 꾸준히 시의 길을 뚜벅뚜벅 걸어온 것이다. 출발에서부터 시종일관 자신의 페이스를 유지하면서 완주의 자세를 견시해 오고 있다는 점에서는 모범적인 장거리 주자라 할 수 있다. 일체의 허장성세를 거부하고 교언영색巧言令色을 멀리한 채 감정과 어사의 절제를 도모하여 정갈하면서 과부족이 없는 은은한 여운과 원숙한 고담枯淡의 경지를 지키고 있다. 그것은 한마디로 말해서 고전적 간결성의 세계이기도 하다.

이 시집에 수록된 시편들은 대부분 연치年齒에 걸맞게 노경의 일상과 상념을 다루고 있다. 나날의 언뜻 심상한 사물과 현상에서 새로 놀라움을 발견하고 감탄하고 있는데 그러한 맥락에서 「경이로운 나날」은 하나의 범례凡例시편이라 일러도 무방하다. 살아 있음이 소소하나 눈부신 경이와의 마주침으로 포착되어 있다.

경이로울 것이라곤 없는 시대에
나는 요즈음 아침마다

경이와 마주치고 있다.

이른 아침 뜰에 나서면
창밖 화단의 장미 포기엔
하루가 다르게 꽃망울이 영글고,

산책길 길가 소나무엔
새순이 손에 잡힐 듯
쑥쑥 자라고 있다.

해마다 이맘때면 항다반으로 보는
이런 것들에 왜 나의 눈길은 새삼 쏠리는가.
세상엔 신기할 것이라곤 별로 없는 나이인데도.
—「경이로운 나날」 전문

언뜻 신기할 것이 없어 보이는 연치이기 때문에 비로소 눈에 띄는 사물과 현상이 수두룩하다. 경이의 발견은 어릴 적의 나날을 지배하지만 그것을 질서지어줄 구성능력도 그것을 발설할 어사능력도 어린이는 갖고 있지 못하며 오직 질문을 통해 그것을 드러낼 따름이다. 속 시원한 해명이나 해답을 듣지 못한 호기심은 이내 위축되어 퇴화하고 경이는 한갓 범상함 속으로 빛을 잃고 함몰되고 만다. 삶을 위한 성년기의 고되고 가쁜 숨결은 경이를 발견할 여유를 허용하지 않는다. 여생이 결코 오래지 않다는 무자각의 자의식이 다시 경이의 재발견으로 유도하는 것이다. 「경이로운 나날」에는 무릇 이러한 내력이 내장되어 있지만 시인의 삶이 범상한 삶과 다른 점은 성년기의 가쁜 숨결도 경이 발견을 멈추게 하지는 못한다는 것이다. 경이의 발견을 평생 사업으로 영위하는 것이 말하자면 시인의 길이요 업이다.

 그러나 한편으로 경이로운 나날이 강 건너 저편에서 저절로 다가오는 것은 아니다. 키케로의 『노년에 대해서』는 고대 로마의 농민 출신 문인이자 정치가인 84세의 마르크스 보르키우스 카토가 두 사람의 젊은이들과 노년의 삶에 대해서 얘기를 나누는 형식으로 된 대화편이다. 카토는 이 글에서 고대 그리스의 현인이자 입법자인 솔론이 어떤 시에 적었다는 말을 두 차례나 거푸 인용하고 있다. "나는 하루하루 많은 것을 배워 보태면서 늙어가고 있다." 노년에도 끊임없이 무언가 새로운 것을 배워서 사고와 지혜의 지평을 넓히는 즐거움처럼 보람 있는 것이 어디 있는가를 설파하는 대목에서 인용한 것이다. 이러한 배워 보탬의 과정에서 경이로운 나날도 새롭게 다가와 눈에 들어오는 것이리라. 「아픔」은 아름다운 노년을 이루는 배워 보탬의 구체적인 세목으로서 더욱 돋보인다.

사람들은 꽃을 좋아하지만
그것이 얼마마한 아픔 끝에
피어나는지는 제대로 알지 못한다.

나도 이 나이가 되어서야
비로소 그것을 알았다.

초봄부터
뜰의 철쭉 포기에서
꽃망울들이 애처럽게, 애처럽게

땀나듯 연둣빛 진액을 짜내던
그 지루한 인내를 지켜보고서야
비로소 그것을 알게 되었다.

—「아픔」 전문

　가르시아 마르케스의 소설 『백년 동안의 고독』에는 가지를 잘리고 피를 철철 흘리는 초목을 그린 장면이 나온다. 이것은 단순히 기상천외한 초현실주의적 상상력의 소산이 아니다. 만물과 교감할 수 있는 감응능력, 단순히 유정한 동물뿐만 아니라 삼라만상에 대한 감정이입적 공감 혹은 연민감의 소산이다. 그것은 불교에서 말하는 자비에 가까운 심성의 발로이다. 꽃의 개화에서 꽃망울들의 애처로운 노력을 읽어내는 것도 너른 의미의 자비심에서 나온 "배워 보탬"의 사례일 것이다. 그것은 개념적인 것이 아니고 구상적인 것이며 언뜻 큰 것이 아니고 소소한 것으로 보인다. 그러나 삼라만상에 대한 자비를 어찌 소소한 것이라고 치부할 수 있을 것인가. 세상을 조금쯤 더 살 만한 곳으로 만들고 우리의 터전을 보다 인산화된 사회로 만드는 것은 기본적으로 이러한 자비의 정일 터이다. 봄철의 나무숲에서 연둣빛 가지들이 흔들리는 것을 보고 시인은 다음처럼 적는다. 배워 보탬의 사례는 이렇게 시집 도처에서 흔하게 널려 있다. 아니 시집 자체가 배워 보탬의 목록이요 세목이다.

> 살아 있는 것들은 모두 저렇게
> 어린것들을 보듬으며
> 대를 이어가는가.

> 내 새삼
> 여린 마음으로 느껴보는
> 온 누리에 충만한 생명의 섭리!
>
> ―「연둣빛 날개」 중에서

노경에 누구나 무심할 수 없는 것은 분명히 다가오고 있는 최후의 시간에 관한 상념이다. 젊음이라고 해서 사

정이 다른 것은 아니나 노경에 그것은 특히나 가깝게 느
껴진다. 그래서 키케로도 노령 인구를 가장 괴롭히고 불
안한 것으로 만드는 듯이 보이는 것이 죽음의 접근이라
고 하면서 이렇게 말한다. "그리도 오랜 삶의 길에서 죽
음 얕보기를 터득하지 못했다면 아, 얼마나 가련한 노년
이란 말인가." 몽테뉴도 사색하고 철학하는 것은 죽는
법 배우기라고 하면서 세상의 지혜는 필경 죽음을 두려
워하지 않는 것을 가르치는 것으로 요약된다고 말하고
있다. 목숨을 빼앗기는 것이 결코 재앙이 아니라는 것을
깨닫게 되면 세상에서 재앙도 모두 사라진다는 것이다.
　이 시집에 다가오는 마지막 시간에 대한 상념 시편이
있는 것도 자연스러운 일이다. 그것은 앞서 간 시인에
대한 추모의 정으로 드러나기도 한다.

　　초정艸丁도 가고
　　춘수春洙도 가버린—

　　통영 앞바다의
　　짙푸른 물빛!

　　……(중략)……

　　이 고장에서 태어난

두 시인은 가고,

빈 바다에 반짝이는
겨울 물비늘!

—「통영 앞바다」중에서

그러니 그 추모의 상념은 결국 시인 자신으로 되돌아
온다. 최후의 시간을 능멸하고 얕잡아보는 것은 쉬운 일
이 아니다. 시인은 거기에 자신을 익숙케 함으로써 즉
최후의 시간을 순치시킴으로써 어떤 달관에 이르는 성
싶다. 시인은 자신을 바닷가에서 노니는 어린이로 상정
한다.

해가 저무는 줄도 모르고
조개껍질이나 줍고
게 새끼랑 어울리다 보면,

갑자기 거센 파도가 덮쳐와
이 한 몸 나뭇잎인 양
쓸어갈 날 있으련만,

그런 건 아랑곳하지 않고
놀이에만 몰두하는

어린아이.

—「팔순八旬이 되는 해에」 중에서

　65세 이상의 노인이 인구의 7% 이상 14%에 이르는 사회를 고령화 사회라 한다. 14%에서 20%에 이르는 사회는 고령사회이고 20% 이상이면 최고령사회라 한다. 우리나라는 2000년에 고령화 사회로 접어들었고 2019년이면 고령사회가 된다고 하는데 진입 속도가 매우 빠르다는 점이 지적되고 있다. 우리 사회가 이렇게 빠르게 고령사회로 나가고 있지만 막상 노년의 의미에 대한 고찰이나 노년에 관한 문학 작품은 많지 않다. 다가오는 고령사회에 위기감을 느끼거나 위기감을 사실상 촉발하는 예측 기사 정도가 나돌 뿐이다. 그 결과 노년 증가가 마치 사회의 경제적 재앙이라는 투의 불안심리가 확산되고 있어 은연중 노년 층하를 부추기고 있다.
　이 시집은 노년의 삶이 갖는 의미와 덕목을 드러내면서 노년이 인간존엄의 훼손이 아니라 그 완성일 수 있다는 것을 구체적으로 보여주고 있다. 그리하여 시인의 의도나 의식 여부와 관계없이 노년의 긍지를 기리는 노년 찬가가 되어 있다. 비극시인 소포클레스가 그 옛날에 아흔까지 살았다는 것은 널리 알려진 사실이다. 그는 아주 노경에도 비극 쓰기에 전념했는데 너무 열중한 나머지 가사에 소홀하여 자식들이 치매 노인으로 간주해서 가사

114

에서 배제하려 하였다. 이를테면 요즘말로 금치산자 선고를 받게 될 처지가 되었다. 그러자 소포클레스는 탈고는 했으나 수중에 있었던 작품『콜로노스의 외디푸스』를 재판관을 향해 낭독하고 이 작품이 치매 노인의 소작으로 보이느냐고 물었다 한다. 이 낭독의 결과 재판관의 판결로 그는 애매한 조처에서 방면되었다. 노년 층하와 차별에 대한 역사적 바로이지만 전설적인 노년 옹호의 삽화이기도 하다. 태백산의 주목에 대해서 시인이 다음과 같이 적을 때 그것 또한 그대로 노년에 대한 애정의 헌사이기도 하다. 주목을 늙은 투사로 읽는 것은 삶의 늙은 투사에게나 어울리는 은유이다.

<blockquote>
갈라터진 둥치를 시멘트로 때운 채
반쯤 고사한 가지 끝에
그래도 까칠한 푸른 잎을 단
주목들은 차라리 늙은 투사들.

—「태백산을 오르며」 중에서
</blockquote>

이 시집에 수록된 시편들은 대개 2행行1연聯, 3행1연, 4행1연으로 구성되어 착실하게 행갈이를 하고 있다. 20세기 한국시가 1920년대부터 2행1연, 3행1연, 4행1연으로 구성된 시편을 보이고 있는 것은 번역시형 채택의 결과라고 생각한다. 물론 4행1연의 시는 중국시의 절구絶句

에도 보이는 게 사실이다. 3행1연은 우리의 평시조에서
도 낯익은 것이다. 그러나 정형에서 벗어나 자유로운 감
정 토로나 상념 개진에 주력했던 1920년대의 시인들에
게는 번역시의 자유시형이 모형으로 떠올랐을 것이다.
그런 의미에서 번역시 혹은 번역시형이라는 변두리 장
르 혹은 하위 장르 형식이 주류로 부상하면서 20세기 한
국시가 전개되어 왔다고 할 수 있다. 14행 시에 보이는 4
행 연구聯句와 3행 연구가 준거인 셈이다. 형태상으로 이
시집의 시편은 1920년대 이후로 면면히 이어온 행갈이
관행을 따르고 있다. 이것은 주목해서 좋은 그리고 우리
가 유지 발전시킬 가치가 있는 미덕이라 생각된다. 근자
에 와서 행갈이 없는 줄글 시편이 크게 번지고 있다. 이
것은 시의 자기훼손이나 산문에의 굴종으로 끝나는 경
우가 많다. 시가 나태한 산문이 되는 것은 정체성의 포
기이기도 하다. 행갈이 시행의 관행을 깍듯이 따르고 있
는 것은 이 시집이 지니고 있는 시속時俗 역행의 미덕이
기도 하다.

「백운대白雲臺를 우러러」에서 시인은 "천 년도 네겐 한
나절에 불과한가/우리는 너를 우러러 영원을 본다"고 적
고 있다. 시의 핵심을 찌르고 있는 말이다. 같은 소리를
청마 유치환은 "하나 모래알에/삼천세계가 잠기어 있다"
고 했다. 영국의 블레이크는 "한 송이 들꽃에서 천국을
본다"고 했고 미국의 여성 시인 디킨슨은 "황야를 본 적

없지만 히스가 어떻게 생겼는지 안다"고 했다. 시를 읽
는 것은 선행시편을 떠올리고 그 교호交互의 눈짓을 챙
기면서 텍스트를 재음미하는 것이기도 하다. 그런 의미
에서 이 시집을 읽는 것은 배워서 보태는 일의 실천이기
도 하다. 시 읽기 본연의 즐거움이 무엇인가를 재확인시
켜주는 것도 이 시집이 발휘하는 부가적 미덕이리라.

해거름 이삭줍기

지은이 | 김종길
펴낸이 | 양숙진

초판 1쇄 펴낸날 2008년 3월 5일

펴낸곳 | ㈜현대문학
등록번호 | 제1-452호
주소 | 137-905 서울시 서초구 잠원동 41-10
전화 | 516-3770
팩스 | 516-5433

© 2008, 김종길

값 8,500원

ISBN 978-89-7275-409-1 03810

www.hdmh.co.kr